W9-ATT-481

I'm Living My Dream

An Inspirational Rhyme for all Ages in English and Spanish

Written by Mignon Spencer
Illustrated by Travis Mack

Hago mi sueño realidad

Un inspirador poema creado para todas las edades, escrito en inglés y español

Autora Mignon Spencer
Ilustraciones de Travis Mack

Dante's Publishing · Georgia

Formatting and Cover Layout by www.bookcovers.com
Translation by Claudia Mendez Porter

Library of Congress
Control No. 2007907814
ISBN09763871-2-3

Printed in the United States

Dante's Publishing
P.O. Box 39
Lovejoy, GA 30250-0039

www.dantespublishing.com
dantepublishing@bellsouth.net
(678) 479-1216

Formato y diseño de la portada por www.bookcovers.com
Traducción por Claudia Méndez Porter

Library of Congress
Depósito legal No. 2007907814
ISBN09763871-2-3

Impreso en los Estados Unidos de Norteamérica

Editorial Dante's Publishing
P.O. Box 39
Lovejoy, GA 30250-0039

www.dantespublishing.com
dantepublishing@bellsouth.net
(678) 479-1216

Dedication

This book is dedicated to my
nieces and nephews,
Brian Jr., Christopher, Natajah, Nyla,
Ronie, Trinity and children of
all ages. The world is waiting for
the dreams God will give to you.

Acknowledgments

Thanks to the angel in my audience
who indicated that she saw a
book as I recited a poem
about dreams.

Dedicatoria

Este libro lo dedico a mis sobrinas
y sobrinos: Brian Jr., Christopher, Natajah,
Nyla, Ronie, Trinity y a niños
de todas las edades.
El mundo se mantiene a la espera
de los sueños que Dios te envía.

Reconocimientos

Agradezco al
ángel que se hallaba en mi público,
quien pronosticó, mientras yo recitaba
mi poema sobre sueños, que se
escribiría un libro.

The young girl in this rhyme had high hopes and a big dream that she couldn't wait to share with her friends. When she shared her dream with them, the dream and her self-esteem were dashed to pieces by their laughter. She ultimately overcomes their rejection and expresses her victory by finding a way to live her dream.

The essence of the rhyme is captured and shared by the poet's words and the artist's depiction of how you can allow others to destroy your dream, yet pick it up again.

La pequeña niña de la cual trata el poema tenía grandes ilusiones y un importante sueño, el cual estaba deseosa de compartir con sus amigos. Sin embargo, cuando lo hizo, ellos se burlaron de ella, y tanto sus ilusiones como su amor propio terminaron hechos pedazos. A la larga, la niña logra vencer el rechazo y expresa su triunfo al encontrar la manera de hacer su sueño realidad.

En esencia el poema consigue por medio de las palabras y las illustraciones de los artistas describir lo sencillo que es permitir que otros destruyan el sueño de tu vida; sin embargo, es posible recuperarlo.

One night I
dreamt a big dream.
Nothing and no one could
stop me it seemed.

Una noche
un gran sueño tuve.
Se pensaría que nada ni nadie
detenerme podría.

I felt invincible and
irrepressible. I was
unstoppable. I was bad!
I mean, the world was at my
fingertips because
I had a dream.

Me sentía invencible e
incontenible. Era imparable.
¡Era yo alguien!
Quiero decir,
el mundo estaba a mi alcance,
pues tenía yo un sueño.

I could not wait to tell my
friends at school.
I knew that my friends
would think my
dream was cool.

Me urgía ya compartirlo
en la ronda con mis
compañeros de la escuela.
Sabía que ellos opinarían
que mi sueño era buena onda.

I said to my friends:
"One day I'll be famous you
just wait and see."
"Sure", they
said and continued to
laugh at me.

Les dije a mis amigos:
"Un día voy a ser famosa,
ya verán que sí."
"Claro", me dijeron,
y luego se burlaron de mí.

Like a turtle, I safely tucked
myself inside my shell.
You see, my friends'
laughter said that
I would never excel.

Como una tortuga,
me resguardé en mi coraza.
Con su burla, mis amigos me
insinuaban que no tendría
nunca ni éxito ni esperanza.

DREAM
TRASH

I simply threw away
my dream that day
as though it were
useless, junk mail.

Así que sencillamente
de mi mente ese día mi sueño
inútil eliminé,
como se hace con el correo
basura al olvido lo lancé.

I no longer knew what
I liked or whether I even
liked me.
You see I buried my
dream that day at the
bottom of the sea.

Dejé de estar segura de mis
propios gustos,
ni siquiera sabía si me
gustaba a mí misma. Como
puedes observar,
enterré ese día mi sueño en el
fondo del mar.

Nothing I did could bring
me any relief.
For months, I mourned
for my dream in
gut-wrenching grief.

Nada me consolaba.
Por meses sufría
me sentí tan desolada,
todo a causa de mi sueño,
por el cual lloraba.

Then, one day the
"Dream Weaver" said
"get up and shout.
I'm about to show you what
that dream was about.
It doesn't require much
money nor worldly clout."

Entonces, un día, un
'Relator de sueños'
me dijo: "Levántate y grita.
Voy a demostrarte lo que tu
sueño amerita.
Ni mucho dinero
ni influencia se necesita."

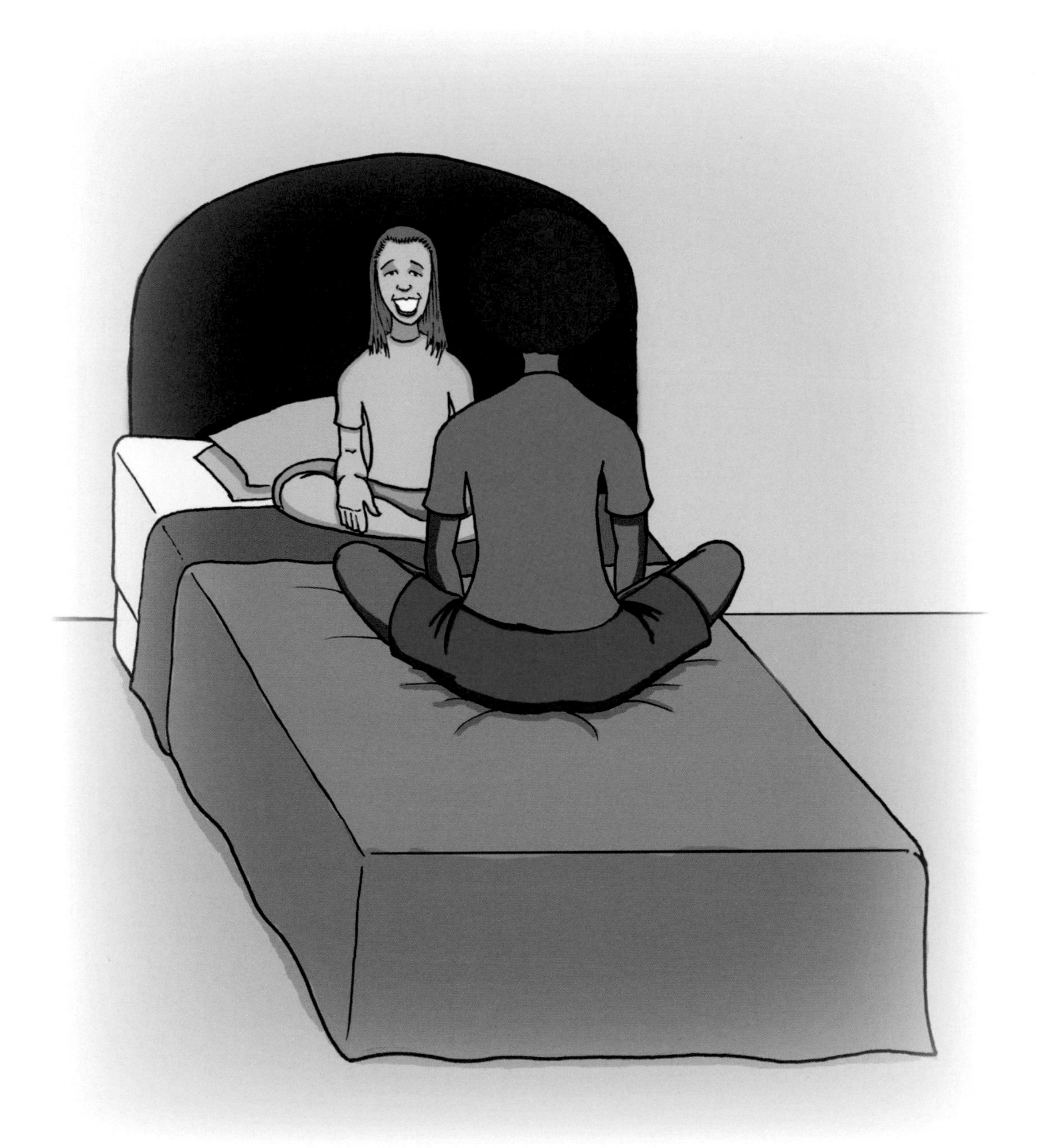

Just share it with
someone special.
A true friend will help
you to sort it out.

Sólo debes compartirlo con
un ser excepcional.
Un verdadero amigo será
una ayuda infinita.

Now, I have more
confidence, and I still
dream big dreams.
I will allow nothing
and no one to
kill my self-esteem.

Ahora siento más
seguridad en mí misma,
y sigo soñando en grande.
Pues no permitiré que nadie
Ni nada destruya mi
autoestima.

Again, I feel invincible
and unstoppable. I became
what I was supposed to be.
You see the world is at my
fingertips, because I'm
living my dream.

Otra vez me siento invencible
e incontenible. Me convertí
en lo que debía ser. Te das
cuenta, el mundo está a mi
alcance porque he hecho
realidad mi sueño.

This book belongs to:

____

Someday, I will

____

Write your dream on the line above. Keep this little poem book to remind you of what you hope to become or accomplish someday.

Live Your Dream,

Mignon

Este libro le pertenece a:

____

Un día, voy a

____

Escribe tu sueño en la línea anterior. Conserva este librito con el poema para recordarte cuáles son tus ilusiones y lo que deseas ser y lograr algún día.

Haz tu sueño realidad,

Mignon